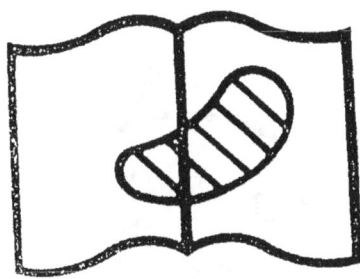

Illisibilité partielle

Couverture inférieure manquante

Original en couleur

NF Z 43-120-8

# LETTRES

# TOULOUSAINES

### (I. P. De Caseneuve. — II. Saint-Blancat et Medon. — III. J. Doujat.)

PUBLIÉES

PAR

## Ph. TAMIZEY DE LARROQUE.

—◦◦◦◦◦◦◦—

AUCH

IMPRIMERIE ET LITHOGRAPHIE FÉLIX FOIX, RUE BALGUERIE.

—

1875.

(6)

*A Monsieur Léopold Delisle*
*T. De L.*

# LETTRES TOULOUSAINES

# LETTRES

# TOULOUSAINES

(I. P. De Caseneuve. — II. Saint-Blancat et Madon. — III. J. Doujat.)

PUBLIÉES

PAR

## Ph. TAMIZEY DE LARROQUE.

AUCH

IMPRIMERIE ET LITHOGRAPHIE FÉLIX FOIX, RUE BALGUERIE.

1875.

Extrait de la REVUE DE GASCOGNE.

Tiré à part à 50 exemplaires.

# TROIS LETTRES

DE

## PIERRE DE CASENEUVE.

Je me suis beaucoup occupé, jusqu'à ce jour, des hommes célèbres de la Guyenne et de la Gascogne, mais je m'accuse d'avoir singulièrement négligé les hommes célèbres du Langue-doc. Agen, Auch, Bordeaux, m'ont trop fait oublier Toulouse. Sans doute il faut aimer les *siens* avant tout, mais il faut aimer aussi *ses voisins*. Je voudrais réparer un peu mes torts à l'égard de Toulouse, et dans ce recueil, qui n'est pas seulement la *Revue de Gascogne*, qui est encore la Revue de tout le pays baigné par la Garonne et par les affluents de ce beau fleuve, je saluerai d'abord la mémoire d'un des érudits qui font le plus d'honneur à la province de Languedoc.

Pierre de Caseneuve, né à Toulouse le 31 octobre 1591, mourut dans cette ville le 31 octobre 1652 (1). Toute sa vie se partagea entre l'étude et la piété, et saint prêtre autant que savant consciencieux, le prébendier de l'église de Saint-Étienne laissa une réputation doublement glorieuse.

Sa biographie a été très-bien retracée par son ami Bernard Medon, docte magistrat, qui est lui aussi une illustration tou-lousaine. Cette biographie, écrite en un latin élégant, et dédiée à Nicolas Heinsius (*Viro amplissimo Nicolao Heinsio*), parut pour la première fois à Toulouse (in-4°) en 1656, et, de nou-

(1) Dans la *Biographie toulousaine*, on a cru devoir nous apprendre qu'il mourut « d'une fièvre pestilentielle *dont il fut attaqué.* » Il est évident que, puisqu'il en mourut, c'est qu'il en avait été attaqué; et ceci rappelle beaucoup trop le vers de Saint-Amand : « Et joyeux à sa mère offre un caillou *qu'il tient.* » Encore s'il n'y avait que des pléonasmes dans la *Biographie toulousaine !*

veau, en 1659, en tête de l'*Origine des jeux fleuraux (sic) de Toulouse par feu M. de Caseneuve* (chez Raymond Bosc, in-4°) (1).

On trouvera une excellente analyse de ce morceau dans la
dernière édition du *Dictionnaire étymologique de la langue
française par M. Ménage avec les origines françoises de M. de
Caseneuve, les additions du R. P. Louis Jacob et de M. Simon de Valhebert*, etc., le tout mis en ordre, corrigé et aug-
menté par A. F. Jault, docteur en médecine et professeur en
langue syriaque au collège royal (Paris, 1750, in-f°), ainsi
que dans l'avant-dernière édition du même ouvrage publiée,
en 1694 (in-f°) par M. Simon de Valhebert, de l'Académie
des sciences (*Préface sur les* ORIGINES DE LA LANGUE FRAN-
ÇAISE). Simon de Valhebert débute ainsi : « Le nom de M. de
Caseneuve n'est pas inconnu dans la république des lettres.
Tous les beaux ouvrages qu'il a donnés au public de son
vivant, et ceux qu'on a pris soin de publier après sa mort (2),
font assez connoître quel étoit son mérite dans les sciences. »
A l'abrégé de la notice de Medon, S. de Valhebert a joint
d'abondants détails sur ce qui se passa entre Caseneuve et
Ménage au sujet du travail philologique auquel chacun d'eux
s'était livré en même temps, et il n'a pas manqué de relever
l'intérêt de son récit par la publication d'une lettre de Caseneuve à son rival (du 18 novembre 1650), lettre pleine de
bonté et de modestie, et qui prouve que Medon n'employait
pas une vaine phrase, quand il disait au commencement de

(1) C'est dans ce traité que Caseneuve, comme je l'ai rappelé (*Vies des Poètes
gascons*, p. 44), a si clairement montré que Clémence Isaure n'exista jamais. Pour-
quoi ne remplacerait-on pas, à l'académie des jeux floraux, l'impossible éloge annuel
de dame Clémence par l'éloge successif de toutes les réelles célébrités du Midi? Il
est bien temps de substituer à de frivoles banalités, à des riens harmonieux (*nugæ
canoræ*), des discours instructifs, et pendant lesquels orateurs et auditeurs pourraient
enfin se regarder sans rire et sans bâiller.

(2) La double liste des ouvrages imprimés et manuscrits de Pierre de Caseneuve a
été très-exactement dressée par Medon, à la fin de son opuscule. Cette liste a été
reproduite par Simon de Valhebert. On la retrouvera dans le tome XVIII des *Mémoires* de Niceron, dans le *Moréri* de 1759, dans la *Bibliothèque historique de la
France* (édition de 1768-78), et, plus ou moins complète, dans tous les recueils bio-
graphiques de notre temps.

l'éloge de son ami : « *Exemplar virtutum omnium propono Petrum Casanovam...* » Je renvoie le lecteur, pour tout ce qui regarde l'histoire des *Origines de la langue française*, à la *Préface* de l'éditeur de 1694. Sur le manuscrit cédé au grand collectionneur, l'intendant Foucault, par M. Tornier, avocat de Toulouse, neveu par alliance de Pierre de Caseneuve et son héritier (1), communiqué par Foucault à Segrais et par Segrais à Ménage, et sur bien d'autres incidents, on aura là les plus minutieux renseignements. Pour moi, qui n'ai jamais aimé à répéter ce que les autres ont dit, et qui trouve les orgues de Barbarie également détestables dans la littérature et dans la rue, je me bornerai à déclarer que les étymologies de Caseneuve me paraissent bien préférables à celles de Ménage, et que je donnerais volontiers tout le gros recueil du second pour les simples fragments laissés par le premier.

Les trois lettres qui vont suivre sont adressées, les deux premières à Pierre Du Puy, la troisième à Baluze. Leur lecture confirmera ce que l'on sait des bons et beaux sentiments qui animèrent toujours Pierre de Caseneuve.

### I (2)

Monsieur,

Après de si sensibles effets de vostre bonté, n'ayant rien en mon pouvoir, qui soit digne de vous, que vous puis-je offrir si ce n'est mon cœur et mes affections? Encore n'oserois-je vous les présenter si je ne sçavois que Dieu mesme ne demande que cela de nous. Je me cognois tellement indigne des faveurs dont vous me comblés par voz lettres, qu'elles m'ont fait rougir et m'ont fait apprehender que ce ne fust une illusion de ma bonne fortune. Vous voulés, Monsieur, que je donne au public quelques productions de mon esprit que je n'ay qu'à peine esbauchées; vostre commandement m'y obligeroit sans doute, si mes frequentes indispositions, les chagrins qui accom-

(1) Tornier a exprimé avec effusion sa reconnaissance pour son bienfaiteur, «grand homme, » dit-il, «dont la cher souvenir ne s'effacera jamais de mon âme. » (*Dédicace* aux capitouls de Toulouse de l'*Origine des jeux floraux.*

(2) Bibliothèque nationale, collection Du Puy, vol. 803, p. 246.

pagnent d'ordinaire les soins d'une famille quelque petite qu'elle soit, et la bassesse d'une fortune qui suffit à peine pour le nécessaire (1), n'abbatoient entièrement mon courage. Je ne laisseray pas pourtant de reprendre le travail que j'ay abandonné, qnand ce ne seroit que pour tesmoigner l'estime que je fais de voz conseils et l'obéissance qu'à l'advenir je désire rendre à vos commandements. J'ay receu le livre de M. Menage avec des sentimens d'honneur et de recognoissance que je ne sçaurois exprimer. Tout y est si docte et si judicieux que j'accuse volontiers de témérité le dessein que j'avois fait d'escrire sur la mesme matière (2). Cependant, Monsieur, faittes moy la grace d'accepter les services que je vous ay desja voués, et que ma plume n'osoit entreprendre de vous offrir, bien que vos lettres, que Monseigneur l'Archevesque m'a fait souvant l'honneur de me monstrer (3), m'en donnassent la hardiesse. S'il y a de ma faute elle doit estre imputée au profond respect que j'ay toujours eu pour les personnes de vostre condition et de vostre mérite. Quoy qu'il en soit, ne laissés pas, s'il vous plait, de croire que je suis et seray toute ma vie,

Monsieur,

Vostre très-humble et très-obéissant serviteur,

CASENEUVE.

A Tolose, ce 18 novembre 1650.

J'ay rendeu à son addresse la lettre qu'il vous pleut m'envoyer.

## II (4)

Monsieur,

Ce n'est pas sans sujet que vous me faittes l'honneur de mesler vos larmes avec les miennes. Vous avez perdu en feu Monseigneur

(1) Cette pauvreté relative donne encore plus de prix au généreux refus de la pension considérable que les Etats du Languedoc offrirent à Caseneuve pour préparer l'histoire de leur province, monument que Dom Vaissète devait, un siècle plus tard, si admirablement construire. D'après Medon, le fier érudit déclara que le plaisir de travailler pour sa patrie lui tiendrait lieu de récompense.

(2) Le *Dictionnaire* de Ménage parut en 1650. La présente lettre fut écrite le même jour que la lettre à Ménage citée par Simon de Valhebert.

(3) Charles de Montchal, archevêque de Toulouse de 1628 à 1651. Mgr de Montchal fut non-seulement le protecteur, mais aussi l'ami de Pierre de Caseneuve. Ce fut aux pressantes instances de ce prélat que le public fut redevable du savant traité intitulé : *Instruction pour le franc alleu de la province de Languedoc* (Toulouse, 1641, in-4°). La seconde édition parut en 1645, in-f°, sous ce titre : *Le franc-alleu de la province de Languedoc établi et défendu*, etc.

(4) *Ibidem*, p. 245.

l'Archevesque un parfait ami qui portoit dans son cœur vostre image
bien mieux representée que celle qu'il faisoit gloire de monstrer entre
les portraits des hommes illustres de sa bibliothèque (1). Mais souf-
frez, Monsieur, s'il vous plait, que je pretende plus de part que vous,
en cette perte, et que ma petite fortune dont il prenoit soin, et qu'il
se proposoit d'eslever un peu au-dessus de la nécessité, soit le juste
sujet de cette pretention. Cependant ce ne m'est pas une petite con-
solation de voir qu'une personne de vostre condition et de vostre
mérite, ayt la bonté de se souvenir d'un pauvre prebstre, et se mettre
en peine d'alléger ma doleur et me faire reprendre la plume que les
soins de ma subsistance m'ont fait tomber des mains il y a plus de
deux ans. Ce n'est pas, Monsieur, que je ne voulusse bien suivre le
conseil que vous me donnez, et que je ne souhaite de bon cœur en
faire des commandemens absolus, quand ce ne seroit que pour vous
tesmoigner le pouvoir absolu que vous vous estes acquis sur l'esprit de,

Monsieur,

Vostre très-humble et très-obéissant serviteur,

CASENEUVE.

A Tolose, ce 14 septembre 1651.


## III (1)

Monsieur,

Si je ne sçavois pas que les impatiences de la piété vous ont es-
loigné de nous, j'en pourrois imputer la cause au désir de pouvoir
débiter les beaux complimens dont vous avés honoré voz amis. Ce
n'est pas que je prenne pour de simples complimens les belles pa-
roles de vostre lettre, je vous ay assés estudié pour douter que ce ne
soint les véritables sentimens de vostre ame. Cependant je suis faché

(1) Charles de Montchal mourut le 22 août 1651. M. B. Hauréau a rappelé, dans
la *Nouvelle Biographie générale*, qu'il « fut le patron d'une foule de lettrés, qui
lui dédièrent leurs ouvrages, entre lesquels il suffit de citer Etienne Molinier. François Combéfis, Innocent Cironius, Casanova (*sic*), Ravel. etc. » Déjà le *Moréri* avait
dit : « Plusieurs savants, entr'autres Rigault. le P. Sirmond, Holstenius, Allatius,
parlent de ce prélat avec éloge. Le P. Le Quien, savant dominicain, a donné quelques lettres de ce prélat dans le premier tome de l'édition des Œuvres de S. Jean
Damascène, publiés en 2 vol. in-f°. Elles prouvent qu'il avait du goût pour les lettres et qu'il favorisait les savants. »
(2) Bibliothèque nationale, collection Baluze dite des Armoires, vol. 361.

que vous ayés hazardé une santé qui m'est si chère, et que vous
ayés entrepris ce voyage à contre-temps et en une conjoncture qui
me fait apprehender beaucoup de difficultés en vostre retour. Ce
n'est pas que je croye que Monsieur vostre père nous veuille envier
le contentement de vous revoir. Il est trop bon et trop raisonable
pour vous tenir loing d'un lieu où vous estes tant aymé, et où nous
espérons de voir en repos, mais avec un charitable desplaisir, les
désordres dont l'Estat est menacé, si le bon Dieu n'a pitié de son
peuple. Revenés donc le plustost qu'il vous sera possible pour faire
icy la cour aux Muses que la terreur des armes va faire refugier
dans nostre ville. Tous vos amis vous y attendent avec impatience
et moy plus que tous, comme estant celuy qui ne cède à personne
l'honneur de me pouvoir dire,

        Monsieur,

           Vostre très-humble et très-obéissant serviteur,

                CASENEUVE.

Tolose, ce 24 octobre 1651.

Monsieur vostre père prendra, s'il lui plait, à gré que je luy baise
très-humblement les mains. Messieurs de Medon et de Bosc (1) et
ma cousine vous remercient de l'honneur de vostre souvenir.

(1) Ce de Bosc était-il le libraire toulousain qui fut chargé de la vente de la plupart des ouvrages de Caseneuve, et notamment de son roman : *La Caritée ou Cy-
prienne amoureuse* (in-8°), de son traité de l'*Institution de la Noblesse* (in-12), et
de son livre sur la *Catalogne française* (in-4°) ?

# UN BILLET DE SAINT-BLANCAT

ET

## TROIS LETTRES DE MEDON.

Jean de Saint-Blancat et Bernard Medon sont deux littérateurs natifs de Toulouse, qui ont joui d'une certaine réputation au XVII<sup>e</sup> siècle, mais dont je ne trouve le nom ni dans la *Biographie Michaud*, ni dans la *Biographie Didot*, ni même dans la *Biographie toulousaine* (1).

Jean de Saint-Blancat fut à la fois poète et prosateur. Il publia (Toulouse, 1635, in-4°) un recueil de poésies latines intitulé *Silves* et, à la suite de ces poésies, il plaça quelques fragments historiques. En 1638, il chanta la naissance de Louis XIV. Guez de Balzac, dans une lettre à Chapelain, du 20 décembre de cette même année (2), se moque très-spirituellement de l'emphase avec laquelle, célébrant les vagissements du dauphin, Saint-Blancat s'écrie :

« Ille ore horrendum lituis respondet aperto,
» Obscuratque tubas vagitu, et tympana terret. »

Balzac remarque à ce sujet : « Quelle voix, bon Dieu ! qui fait plus de bruit que les tambours, et qui est plus esclatante que les trompettes ! Silius Italicus en dit beaucoup, mais M. de Saint-Blancat en dit beaucoup davantage. » Balzac, en cette même lettre, parle ainsi de notre toulousain : « Vous connoissez les hommes comme si vous les aviez faits, et si M. de Saint-Blancat escrit nostre histoire, je voudrois bien

---

(1) J'en dirai autant du *Dictionnaire* de Chaudon et du *Manuel du libraire*. Medon n'est pas mentionné dans le *Dictionnaire* de Moréri ; l'article de ce *Dictionnaire* sur « le sieur de Saint-Blancat » est emprunté tout entier aux *Jugements des savants* de Baillet (t. V, p. 164-166).

(2) *OEuvres complètes*, édition de 1665, in-f°, t. I, p. 769.

que vous luy prestassiez vostre connoissance si fine, si sub-
tile, si pénétrante, pour les Eloges qu'on met d'ordinaire à la
fin de chaque livre. Cet historien-poète ne m'est pas inconnu. J'ay veu, il y a long temps, de sa prose et de ses
vers, où il se propose deux exemples extrêmement dange-
reux : je veux dire celui de Tacite et celui de Stace. Je vous
croy pour sa Leucate (1), mais si je me veux croire moy-
mesme, pour un commencement d'histoire de nostre temps,
il faut bien qu'il se change et qu'il se reforme avant que de
ressembler à Tite-Live... » Sans doute Chapelain protesta
contre ce trop sévère jugement, car son correspondant, le 6
janvier suivant (2), lui fait certaines concessions : « Il faut
que je me sois mal expliqué sur le subjet du poème gascon.
Je n'eus jamais dessein de le mespriser, et moins encore Stace
ni Tacite... Naugerius fit un sacrifice au dieu Vulcain des
Sylves qu'il avait plantées à l'imitation de celles de Stace;
mais je n'approuve pas sa mauvaise humeur, ni ne conseil-
lerois à M. de Saint-Blancat de faire la mesme chose des sien-
nes, que j'ay veues de l'impression de Thoulouse. Outre leur
mérite que je considère, j'y ay quelque sorte d'intérest, parce
que j'y suis nommé *magni Balzacius oris*, si toutefois il en-
tend par là que j'aye l'éloquence de Cicéron et non pas la
gueule de Gargantua... (3) » Un peu plus tard (29 novembre

(1) *Leucata obsidione liberata ex libris rerum gallicarum Joan. Samblancati*
(Tolose, 1638, in-4°). La victoire remportée à Leucate, le 28 septembre 1637, sur
les Espagnols par le duc d'Halwin, depuis maréchal de Schomberg, inspira beaucoup d'écrivains et, à Toulouse seulement, parurent ces deux autres opuscules : *Le
siége et la bataille de Leucate, avec le plan de la place assiégée, du camp des ennemis et du combat*, par PAULHAC (in-4°, 1637). — *Leucata triumphans, autore*
AUBERIO BORBONIO (1638, in-4°).

(2) T. I, p. 771. — Chapelain devait être très-indulgent pour Saint-Blancat, qui
avait eu la bonne pensée de traduire en latin quelques sonnets de l'auteur de la *Pu-
celle*. Guillaume Colletet (*Traité du Sonnet*, Paris, 1658, in-16, p. 104) nous l'apprend en ces termes : « Le docte conseiller d'Olive, du Mesnil, Saint-Blancat, tho-
losain, et le Clerc d'Alby, traduisirent encore quelques autres sonnets du même auteur, en vers latins élégants, que je communiqueray aux curieux de belles choses
quand il leur plaira, avec la même franchise que ce fameux poète héroïque me les a
depuis peu communiquées. »

(3) T. I, p. 863. Voir dans les *Epistolæ selectæ*, à la page 51 de la seconde partie
du tome II, une pièce adressée *Joanni Samblancato*.

1641), Balzac écrivait encore à Chapelain : « Je seray bien aise de voir de la prose oratoire de M. de Saint-Blancat. Il a du feu et de l'esprit, et *si peccat, imitatione tantum peccat* (1). »

On conserve, à la Bibliothèque nationale, une relation de la bataille de Rocroy et du siége de Thionville, sans lieu ni date (de 1644 probablement) : *Victoria Rocrœensis, cum expugnatione Theodonis, auctore Joanne Samblancato* (2).

Saint-Blancat mourut presque en même temps que Pierre de Cazeneuve et de la même maladie, comme nous l'apprenons d'un éloge de Baluze adressé à Bernard Medon : *Stephani Baluzii Tutelensis elegia in obitum clarissimorum virorum Petri Casanovæ et Joannis Samblancati, qui in peste extincti sunt anno 1652, ad clarissimum virum Bernardum Medonium.*

Baluze et Bernard Medon furent de grands amis. Ils échangèrent beaucoup de lettres, la plupart écrites en latin (3). Le style de ces dernières est digne de l'éloge que le libraire Raymond Bosc donnait (*Avis au lecteur,* en tête de *l'Origine des jeux fleuraux,* 1659) au style de la notice sur Pierre de Caseneuve : « Je me suis advisé d'adjouster à ce traité la vie de feu M. de Caseneuve que le sçavant M. Medon escrivit, il y a quelques années, à la prière de M. Heinsius, ayant jugé d'ailleurs qu'une histoire si recommandable par la pureté de son latin et par l'élégance et la délicatesse de sa composition,

---

(1) Voir aussi divers passages d'un volume que j'ai publié en 1873 (*Lettres de Jean Louis Guez de Balzac,* in-4°, p. 130, 418, 419). On retrouvera souvent le nom de Saint-Blancat, comme celui de Doujat, dans les trois volumes in-4o de la Correspondance de Chapelain, qui paraîtront bientôt dans la *Collection des Documents inédits sur l'histoire de France.*

(2) *Catalogue de l'histoire de France,* t. II, p. 20, n° 255. Voir une pièce de vers latins (peut-être inédits) adressée par Saint-Blancat, en 1652, à la reine Christine (*Ad Christinam augustam, Suecorum, Gothorum, Vandalorum reginam serenissimam*), dans le volume 367 de la collection dite des Armoires de Baluze, p. 12-14.

(3) Le rédacteur en chef de la *Revue de Gascogne,* qui s'est spécialement occupé des épistolaires latins, me signale encore dans le recueil de Pierre Burmann, *Sylloge epistolarum* (t. V, p. 607-675), une cinquantaine de lettres importantes, écrites par Medon à Nicolas Heinsius, de 1648 à 1668.

se conserverait plus facilement attachée à cet excellent ouvrage. » Je regrette de n'avoir rien à ajouter au peu que je viens de dire du docte magistrat toulousain. C'est à de plus vaillants chercheurs qu'il appartient de trouver tout ce qui manque à ces notes, qui sont publiées bien plutôt pour *stimuler* que pour *renseigner*.

### Billet de Saint-Blancat à Baluze. (1)

Monsieur,

Vous me faites tort de me faire souvenir de ma promesse, car il semble que vous avez mauvaise opinion de moy, et avez creu que je le pouvois oublier. Les choses qui vous regardent ne m'échappent pas si aisément de la mémoire, bien que celle-cy me concerne plus que vous, et m'est plus important que je sois en vostre souvenir que vous au mien. Songez seulement à vostre santé, et à revenir en ceste ville, si vous l'avez recouverte. Ces belles et célèbres disputes approchent, et le jésuite seculier (2) sera bien aise de vous avoir pour spectateur de ses combats et triomphes. Pour moy, soyez asseuré que je seray tousjours, Monsieur,

Vostre très-humble et très-obéissant serviteur,

SAINCT-BLANCAT.

Toulouse, le 17 octobre 1651.

### Lettre de Medon
« à Monsieur Baluze, chanoine de l'église de Reims, à Paris (3). »

Monsieur,

Après vous avoir escrit plusieurs fois, depuis avoir receu vostre excellente vie de M. de Marka, sans avoir reçu aucune de vos

(1) Bibliothèque nationale, collection dite des Armoires de Baluze, vol. 361, p. 3. Baluze a mis au bas de cette lettre la note que voici : « Lettre de M. de Saint-Blancat, *Joannes Samblancatus*, à moy escrite lorsque j'estois allé de Toulouse à Tulle en l'année 1651. »
(2) Pierre Jarrige. Sur ce singulier jésuite, qui fut autorisé, après de nombreuses aventures, à résider en dehors des établissements de la société, voir un article que j'ai publié dans la *Revue des questions historiques* du 1er avril 1870, sous ce titre : *Pierre Jarrige fut-il séquestré par les Jésuites?* — Dans cet article, j'ai essayé de réunir, autour d'une lettre inédite de Jarrige à son concitoyen Baluze, tous les renseignements utiles.
(3) Bibliothèque nationale, collection dite des Armoires de Baluze, vol. 354, p. 12.

nouvelles, je croy qu'aucune de mes lettres ne vous a esté rendue. Je ne sçay pas mesme sy M. Barie, que j'avois prié de vous aler saluer de ma part, m'aura rendu cet office que de vous estre alé témoigner ma reconnoissance d'un sy riche présant. Je me creins bien, monsieur, qu'il ne m'aist oublié, et que n'ayant de pensées que pour le Ciel, il n'aist creu que ces sortes de devoirs de la vie civile pouvoint estre oubliés sans faire aucun préjudice à l'amitié. Maintenant que j'ay monsieur de Reilhac à Paris, je suis certein qu'il vous ira rendre en mon nom ce que je vous doibs, et qu'il sçaura vous persuader efficacement, s'il est permis d'uzer de ce terme (1), qu'il n'est point d'homme qui vous honore plus que moy. Il vous dira que, quoyque je sois infiniment au dessoubs de ce que vous valez, je sçay néantmoins estimer infiniment ce qui fait vostre mérite. Il vous dira encore que je ne suis point jaloux de vous voir élever en gloire, et que ce m'est une satisfaction que je ne vous sçaurois exprimer, de vous voir au rang des héros. Mais au mesme temps qu'il vous temoignera mes sentiments, agréez qu'il exige de vous que vous m'aymerés tousjours et qu'il en retire une obligation de vostre bouche et de vostre plume. Faites-moy sçavoir vos desseins de littérature et à quel ouvrage vous estes meintenant occupé, et sy l'on ne doibt jamais plus espérer de vous voir en province un jour. Je vous demanderai un estat exact de ce qui se passe dans la Republique des lettres, mais ce ne sera qu'après que vous m'aurez fait connoitre que vous pouvez prendre cette peine pour l'amour de moy sans rompre le cours de vos sérieuses occupations. Cependant, monsieur, honorés-moy tousjours de vostre amitié et croyés-moy parfaictement,

Monsieur,

Vostre très-humble et très-obeissant serviteur,

MEDON.

De Tolose, ce 27 avril 1665 (2).

Monsieur Maran (3) vous salue de ses recommendations.

(1) *Efficacement* est déjà dans Amyot, mais ce mot a été peu employé, même au XVII° siècle, et je ne le trouve ni dans Malherbe, ni dans Corneille, ni dans M^me de Sévigné.

(2) A la page 251 et à la page 253 du volume où se trouve cette lettre, on en voi deux autres écrites en latin, en 1653 et en 1655, à Baluze, alors simple avocat en parlement à Tulle. Dans la dernière de ces lettres, Medon complimente son ami au sujet de sa dissertation sur saint Sacerdos : « Clarissimo Stephano Balusio suo Bernardus Medonius S. P. D.—Vidi disquisitionem chronologicam tuam de divo Sacerdote, episcopo vestrate, non sine summa animi voluptate, Baluzi amantissime... etc.»

(3) Ce Maran était un fils d'un célèbre professeur de l'université de Toulouse, Guillaume Maran, mort en 1621, à 72 ans, laissant plusieurs ouvrages de jurisprudence

## Au même (1).

4 mars 1671.

Nous autres provinciaux somes les gens les plus incommodes du
monde à vous autres gens de cour. Mais aussy ce vous est un grand
honneur que nous ayons toujours besoin de vous, et que vous n'ayés
jamais besoin de nous. Je vous advoue que j'ay quelque chagrin de
vostre felicité; avec tout cella vous n'estes pas sy hureux que je ne
sohette ardament que vous le soyés davantage. Toute cette preface,
Monsieur, ne tend comme vous voyez, qu'à vous donner de la peine.
C'est que vous sçaurez que depuis que je n'ay eu le bien de vous
voir, j'ay acquis une terre en Commenge qu'on appelle des deus
noms : *Saint-Alary* ou le *Soule*, et dans les vieux tittres : *Saint-
Hylaire* ou le *Soulie*. Je suis en peine de trouver un certain homage
et denombrement que la traditive m'apprend avoir esté jadis rendu
au Roy par les possesseurs de laditte terre, que je trouve par mes
tittres avoir esté: *Corbairan de Foix, Syuras, Dantisi* et *Durfort*,
lequel homage et denombrement se pourra trouver dans la chambre
des comtes (*sic*) de Paris; et comme on nous presse extremement en
ce païs par la recherche du domaine du Roy, je vous prie, mon cher
Monsieur, d'avoir la bonté de chercher celle-là dans la chambre des
comptes, et sy vous le trouvés soubz les noms de la terre ou des
possesseurs, ayez la bonté de m'en envoyer les extraicts en forme.
Je vous demande ceste amitié en diligence, car on est pressé d'une
manière qu'on se trouve souvant condamnép lus tot que d'avoir creu
estre attaqué. Sy vous pouviez me faire donner une recommandation
envers M. de Seve, intendant en Guyene (2), quelle grace *experiri
propitia numina tua opera!* Je vous demande pardon de mon im-
portunité, mais le peut-on estre auprès d'un véritable ami?

Je suis, Monsieur, parfaitement vostre

**MEDON.**

fort estimés, laissant surtout des disciples qui lui firent encore plus d'honneur, et,
entre tous, Pierre de Marca et François Bosquet. Le fils de Guillaume Maran fut
aussi professeur de droit en même temps qu'archidiacre.

(1) *Ibid.* vol. 361, p. 44.
(2) Guillaume de Sève, seigneur de Châtillon, Le Roi, Izy et Grigneville, successive-
ment intendant à Montauban, en Béarn, à Bordeaux, à Metz, premier président du
Parlement de Dombes, du Parlement de Metz.

## Au même (1).

Monsieur,

Il y a longtemps que je vous envoiay une lettre pour Monsieur le marquis de Pompone, et quelques jours après une autre pour Monsieur Dandilly. Je ne sçay sy vous m'avez fait l'honneur de les leur randre, ou pour mieux dire, sy vous les avez receues. J'ay apris avec un grand chagrin le mal de vos yeux, sçachant combien il importe au bien public que vous ayez bonne veue, pour faire imprimer tant de beaux ouvrages que vous avez à nous donner. Je vous envoye par un de mes meilleurs amis M. Trinqualié quelques exemplaires de la vie de M. Maran, le plus grand jurisconsulte de France après M. Cujas, que j'ay mise à la teste de ses œuvres que j'ay faites imprimer en 2 vol. in-fol. *Æqui bonique consule et me ama.* Escrivez-m'en vostre sentiment. Toute ma famille vous baise les mains.

Je suis,

Monsieur,

Vostre très-humble et très-obéissant

MEDON.

13 janvier 1672.

(1). *Ibidem*, vol. 361, p. 46. Baluze (p. 52 du même volume) répondit ainsi, le 13 février 1672 : « Monsieur, je reçus hier matin les exemplaires de la vie de feu M. Maran, que vous m'avez fait l'honneur de m'envoyer, dont je vous remercie très humblement. Je l'ay leue avec plaisir, tant parce qu'elle est de vostre façon, que parce qu'il s'y agit d'un homme de grand mérite, pour la mémoire duquel j'ay toujours eu beaucoup de respect, mesmement parce qu'il avoit esté l'un des docteurs sous lesquels feu Mgr de Marca avait appris le droict. J'ay aussi pris plaisir de voir réfuter M. Le Masson touchant ce qu'il a publié de Cujas. Ce que vous dites en la page XIV que M. Maran ne voulut pas estre archevesque de Narbonne, et que pour se fermer la porte à cette dignité, il convola promptement en secondes noces, n'est pas extremement une action des derniers temps, comme vous le remarquez fort bien. Il ne me reste plus rien à vous dire si ce n'est qu'après que vous aurez escrit la vie des hommes illustres de vostre ville, vous preniez la peine d'escrire aussi la vostre, à l'exemple de saint Hierosme, lequel ayant achevé son livre *De scriptoribus ecclesiasticis*, y adjouta un abregé de sa vie et un catalogue de ses ouvrages. »

# LETTRES DE JEAN DOUJAT

## de l'Académie française.

Jean Doujat naquit à Toulouse en 1609 et mourut à Paris, le 27 octobre 1688, étant doyen de l'Académie française, du Collége royal et de la Faculté de droit. Sa longue vie peut être racontée en quelques mots : fils d'un conseiller au Parlement de Toulouse et petit-fils d'un avocat général au grand Conseil, il fut reçu avocat au Parlement de sa province natale en 1637 (1), avocat au Parlement de Paris en 1639; il devint membre de l'Académie française en 1650, professeur au Collége de France en 1651, professeur à la Faculté de droit en 1655. Il fut, de plus, choisi par M. de Périgny, premier précepteur du Dauphin, pour entretenir ce prince de sujets d'histoire et de mythologie, et Louis XIV le nomma un de ses historiographes. Doujat se montra digne de tant de charges et de tant d'honneurs : de sérieux travaux de jurisprudence, d'histoire, de critique, de philologie (2), recommandent sa mémoire (3); mais ce qui la recommande plus encore, c'est la pureté de la vie de cet infatigable érudit. Ses contemporains ont loué en lui « une rare modestie, une exacte probité,

---

(1) En 1634, Doujat avait obtenu, de l'Académie des Jeux Floraux, la violette, et il devait en obtenir encore l'églantine en 1638. Pellisson disait de lui : « Il a publié en diverses occasions des pièces séparées en vers latins ou françois. »

(2) L'abbé d'Olivet cite ce passage d'une lettre non imprimée de Chapelain à Balzac, du 24 septembre 1650 : « On ne saurait lui rien apprendre dans les langues grecque, latine, italienne, espagnole : il a beaucoup de connoissance de l'esclavonne, de l'allemande et de l'hébraïque. » Rappelons que Doujat est l'auteur d'un *Dictionnaire de la langue toulousaine* et d'une *Grammaire espagnole.*

(3) Voir l'interminable liste de ses ouvrages dans l'*Histoire de l'Académie française,* dans le P. Niceron, dans le *Moréri* de 1759, dans la *Bibliothèque historique de la France,* surtout dans la *Biographie* Michaud (article de Villenave) La Bibliothèque Nationale possède de Doujat divers manuscrits qui pourraient fournir la matière d'une bonne étude à quelque érudit Languedocien. C'est de ces travaux que la *Gazette* de Renaudot, du 4 décembre 1688, disait, en annonçant la mort du vénérable Doujat : « Il en préparait encore d'autres sur toute sorte de littérature. »

un parfait désintéressement (1); » surtout « sa grande charité envers les pauvres, qu'il cachait avec tant de soin (2). » Il m'est doux de ramener un moment l'attention vers un homme qui, avec un si vaste savoir, eut une si haute vertu.

I (3).

Paris, ce 24 juin 1664.

Monseigneur,

J'ay fait à deux reprises des extraits de quelques passages de droit, que j'ay cru pouvoir estre appliquez selon la diversité des occurences à la matière qu'il vous avoit plu me marquer. J'eusse desiré avoir l'honneur de vous les presenter, et j'apportay les premiers chés vous la veille, et le jour de vostre depart. Mais n'ayant pu vous rendre mes respects à cause de vos occupations, et de vostre diligence, je crus les pouvoir mettre en main à un de vos valets de chambre, qui partit après vous. J'y adjouste à présent ceux que vous trouverez dans ce paquet. Comme cela est fait assés à la haste, et que la nature est fort vague, je crains, Monseigneur, de n'avoir pas rencontré à vostre goust. Il est plus aisé de réussir lorsque

Est aliquid quo tendis, et in quod dirigis arcum.

Si j'avois ordre de traitter à fonds quelque point particulier, soit axiome, soit question, je tascherois, Monseigneur, de m'en acquitter moins mal. Comme qu'il en soit, je seray toujours très-disposé, et mettray ma plus grande gloire à vous faire voir par l'execution punctuelle de vos ordres, que je suis avec tout le zele que je dois,

Monseigneur,

Vostre très-humble et très-obéissant serviteur,

DOUJAT.

(1) Expressions du *Journal des Savants*, 6e no de l'année 1689.

(2) L'abbé Renaudot, successeur de Doujat à l'Académie française, dans son discours de réception (14 février 1689). Un des confrères ultérieurs de Doujat, Voltaire en a parlé bien railleusement (*Ecrivains du siècle de Louis XIV*) : « Il faisait tous les ans un enfant à sa femme, et un livre. On en dit autant de Tiraqueau. Le *Journal des Savants* l'appelle *grand homme* : il ne faut pas prodiguer ce titre. » Sur Doujat citons encore les *Factums* de Furetière (édition Asselineau, t. II, p. 122-131), les *Mémoires* de l'abbé de Marolles (au *Dénombrement*, t. III, p. 267-269), la *Bibliothèque française* de l'abbé Goujet (t. XVIII, p. 238-242), le *Dictionnaire critique de biographie et d'histoire*, de M. Jal.

(3) Bibliothèque Nationale, Fonds Français, vol. 17404, p. 97.

## II (1).

A Paris, ce 7e juillet 1664.

Monseigneur,

Je croy que vous avez receu par la voye de vostre second valet de chambre et par celle de Monsieur Berthemet les papiers que j'ay eu l'honneur de vous adresser. Jay baillé à Mr Bouboulène ce que j'avois de prest sur le comté de Venaissin suyvant l'ordre verbal qu'il m'a porté de vostre part. S'il y a quelque point qui requiere un plus grand éclaircissement, je tascheray de le donner au premier ordre. Quand il y aura d'autres questions sur le tapis, soit de droit, soit d'histoire ou de politique, et des interests des princes, j'espère d'en pouvoir rendre raison, pourveu que je sçache précisément ce qu'on désirera. La bonté extraordinaire que Vostre Grandeur me fait l'honneur de me tesmoigner, jointe à l'extreme desir que j'ay de n'estre pas inutile au service du Roy dans ma profession, me fait prendre la liberté de vous dire, Monseigneur, que si on ne m'eust pas osté depuis trois ans et demy une pension de douze cent livres que j'avois en qualité d'historiographe latin, et que j'employois à l'achat des livres et des mémoires qui m'estoient le plus necessaires, ou au payement de ceux qui copioient mes extraits et mes compositions, j'aurois publié l'Histoire de la Regence (2), la Response à Valdesius sur la presseance du Roy et du royaume d'Espagne, et d'autres ouvrages qui, faute de ce secours demeurent imparfaits. Et si par un benefice, ou par une pension sur benefice, j'estois asseuré quelque jour de douze cens escus, qui sont les gages ordinaires des historiographes, je pourrois en renonçant à toute autre occupation, m'appliquer uniquement aux choses qui regarderoient l'honneur et le service du Roy et de la couronne, suyvant les ordres que j'en recevrois. Ce seroit la plus grande satisfaction que je pourrois avoir au monde; et je me flatte de cette opinion qu'il ne se passeroit point d'année qu'il ne parust quelque chose de mon travail, qui ne feroit pas deshonneur à nostre nation. C'est icy une hardiesse et un entre-

(1) *Ibidem*, vol. 17405; p. 27. Cette lettre et la suivante ont été publiées par M. R. Kerviler dans ses intéressantes études sur *Le Chancelier Seguier* (Paris, 1874, p. 658, 659). Si je les redonne ici, c'est pour ne pas *décompléter* mon petit recueil depuis longtemps préparé. M. Kerviler et moi nous sommes deux chasseurs qui ont trouvé les mêmes pièces... de gibier. J'ai vu avant lui; il a *tiré* avant moi. Nos droits sont égaux et notre butin est commun.

(2) Cette *Histoire de la Régence*, qui ne fait point partie des manuscrits de Doujat conservés à la Bibliothèque Nationale, a été indiquée dans le 6e no du *Journal des Savants* (année 1699).

tien bien contraire à mon humeur. Je reconnois mesme, Monseigneur, que vostre generosité auroit sujet de s'en offenser, si je pouvois avoir la pensée qu'il fust besoin de la prevenir. Mais quelque grande qu'elle soit, il seroit mal aisé qu'elle pust agir efficacement envers le Roy, sans quelque information particuliere de l'estat de ceux qu'elle veut honorer de sa protection. Quand je n'en recevrois autre avantage que l'honneur de vostre approbation, ce sera toujours une trop haute recompense de tout ce que je pourray jamais produire ou penser, et de l'ardente passion avec laquelle je suis,

Monseigneur,

de Vostre Grandeur,

le très-humble et très-obéissant serviteur,

DOUJAT.

## III (1).

Monseigneur,

Je croy que vous aurez receu le Memoire des Primaties de France que je dressay le mesme jour que M<sup>r</sup> Bouboulène m'eust fait sçavoir que vous vouliez voir quelque chose de moy sur ce sujet. Il ne m'en avertit que la veille de son départ sur les quatre heures du soir en presence de Monsieur de La Chambre (2), comme j'entrois à l'Académie, et je l'envoyay à la poste deux jours après. Maintenant vous aggreerés que j'accompagne d'un chapitre de mon traisté latin, les temoignages de la joye que m'a donné vostre convalescence, c'est-à-dire la conservation de mon principal, ou plustost de mon unique patron. J'espère avoir l'honneur de vous envoyer bien tost le chapitre où je fais voir que les termes de la Renonciation ne regardent pas le Brabant, et cela avec ce que je vous adresse presentement, fait presque la decision de l'affaire. Tout l'ouvrage sera achevé dans une quinzaine de jours, et je pourray l'apporter à Fontainebleau avec l'abbrégé françois que j'ay corrigé en quelques endroits. J'auray l'honneur de recevoir vos ordres par mesme moyen sur tout ce qu'il vous plaira. Estant déchargé de ce travail, et en vacations, j'auray plus de loisir et plus de moyen de vous témoigner par l'execution de vos commandemens que je suis absolument,

Monseigneur,

Vostre très-humble et très-obéissant serviteur,

DOUJAT.

A Paris, le 31 juillet 1666.

(1) *Ibidem*, vol. 17407, p. 49.
(2) Marin Cureau de La Chambre, de l'Académie française, médecin du roi et du chancelier.

## IV (1).

Monseigneur,

En attendant que je puisse avoir l'honneur de vous rendre compte des questions qui regardent les droits de la Reyne sur les Païs-Bas, que j'ay traittées à fonds en latin, avec les preuves et autoritez necessaires (2), je me trouve obligé d'importuner Vostre Grandeur d'une très-humble prière pour le sieur Delpy, mon allié. On le veut tirer du Parlement de Toulouse, son juge naturel, sans aucun fondement, et par une pure vexation. Il a interest d'avoir un bon rapporteur, afin d'éviter cette injustice. Je vous supplie très-humblement, Monseigneur, de vouloir commettre sur la requeste qui vous sera presentée, Monsieur Voisin ou tel autre que vous jugerez propre pour maintenir son droit. Ce sera un effet digne de votre justice, et une grace très-sensible,

Monseigneur,

à vostre très-humble et très-obéissant et très-obligé serviteur,

DOUJAT.

## V (3).

Dimanche, 29 janvier (4).

Le rhume dont Monseigneur a esté incommodé ces jours passez, et les ordres que le suisse avoit aujourd'huy de ne luy faire point parler, ne m'ont pas permis de rendre mes devoirs à Sa Grandeur sur son depart. Je prens donc la liberté de luy demander par ce billet s'il a quelque chose à me commander, en attendant que par une nouvelle dispense de mes lectures publiques je sois en estat de me rendre à Saint-Germain, où j'espère avoir l'honneur de luy rendre

(1) *Ibidem*, vol. 17408, p. 9. La lettre, qui n'est point datée, doit être de juillet 1666, si l'on en croit une note mise au dos.

(2) M. Chéruel (note 2 de la page 503 du tome II de son édition du *Journal d'Olivier Lefèvre d'Ormesson*) a dit au sujet de la guerre entreprise par Louis XIV pour conquérir les Pays-Bas espagnols, que la cour fit composer un traité latin des *Droits de la Reine* sur cette partie des Etats de son père, Philippe IV, ajoutant : « On l'a attribué à différents auteurs; mais « il est du jurisconsulte Doujat, comme le prouve une lettre autographe de ce dernier au chancelier Seguier. » Suit la citation de la première phrase de la présente lettre.

(3) *Ibidem*, vol. 17398, p. 1.

(4) L'année n'étant pas indiquée, je place cette lettre à la suite des lettres dont la date est connue.

compte de quelques travaux. Cependant je supplie très-humblement Monseigneur d'agréer que je luy fasse ma confession de la response que je prepare au Bouclier d'Estat par ce cahier, qui n'en est que le commencement et la première ébauche de la préface. Bien qu'il y ait beaucoup à retrancher et à corriger dans cet essay, Monseigneur pourra juger de l'ouvrage futur par cet eschantillon qui en fait environ la 7me partie, si pour ceste lecture il peut dérober à ses grandes occupations quelquun de ses precieux moments qu'il employe si avantageusement pour le service du Roy et le bien de l'Estat. S'il a quelque chose à ordonner en partant pour ce qui me regarde, il aura, s'il luy plaist, la bonté de le faire mettre entre les mains de Monsieur de la Chambre que je verray à l'Académie ou chez luy. Ce sera un surcroist aux obligations infinies que j'ay a sa bonté, dont si je ne puis m'acquitter, je feray au moins tous les efforts possibles pour n'en estre pas ingrat, et pour me conserver l'honneur d'estre avoué pour son très-humble, très-obéissant et très-obligé serviteur,

DOUJAT.

## VI (1).

Je croy que Monseigneur aura receu la première partie de ce traitté, où j'ay tasché de monstrer que l'exemption pretendue n'est pas de droit divin, et la deuxième qui contient la deduction chronologique des loix tant des anciens empereurs de Grèce et d'Allemagne. Ne pouvant avoir le bonheur de luy parler, je le supplie très-humblement de recevoir ceste troisième partie qui comprend le droit dont (on) a usé en France de temps en temps jusques à nous, avec l'usage d'Espagne, d'Angleterre et generalement des autres pais d'obedience. J'espere que parmy les choses communes, il trouvera quelques observations qui ne le sont pas.

(1) *Ibid.*, vol. 17412, p 115. Cette lettre, ou plutôt cette note, qui n'est ni datée ni signée, est incontestablement de Doujat dont on reconnaît très-bien l'écriture. On voit un sonnet de Doujat dans son opuscule : *Réjouissance publique pour l'entier rétablissement de la santé du Roy* (1687, in-4°). M. Louis de Veyriéres (*Monographie du sonnet*, t. II, p. 11) a rappelé que l'on trouvait, parmi les manuscrits de Colletet, à la Bibliothèque du Louvre, deux sonnets inédits signés *Doujat*, et (*ibid.*, p. 230) que ce toulousain avait débuté par un sonnet composé pour les Jeux Floraux et que possède, parmi les *Triomphes* de 1634 à 1660, M. le docteur Desbarreaux-Bernard dont la bibliothèque est si riche et, pour tout dire, si digne de son savant possesseur.

# APPENDICE.

### Une lettre de Guillaume Maran.

On a lu, dans la lettre de Medon à Baluze, du 13 janvier 1672 (1), que Maran avait été « le plus grand jurisconsulte de France après M. Cujas. » C'est là le résumé, en une seule ligne des vingt-trois pages in-folio intitulées : *Vita clarissimi viri Guilielmi Marani, antecessoris Tolosani, Bernardo Medonio scriptore* (Tolosæ, 1671) (2). Ayant, à la dernière heure, trouvé une lettre fort curieuse du savant jurisconsulte, j'ai pensé faire plaisir au lecteur en rapprochant cette pièce des autres pièces toulousaines en tête desquelles il aurait fallu la placer, si l'ordre chronologique avait pu être suivi. Cette lettre, adressée, le 19 mai 1594 (3), à un personnage dont nous n'avons pas le nom, mais qui devait être le docte Claude du Puy, conseiller au parlement de Paris, condisciple de Maran, fournit quelques renseignements auto-biographiques d'autant plus intéressants qu'ils se rapportent à un plus dramatique épisode de la vie du concitoyen, du disciple

---

(1) Plus haut, p. 17.

(2) Cette notice étant d'une grande rareté, j'en citerai quelques lignes qui font connaître à la fois le programme de l'auteur et le mérite de son héros (p. 1) : « Guilielmum Maranum, acerrimi virum ingenii, variæ et summæ eruditionis, consummatæque virtutis. Tolosanæ enim Academiæ lumen, et ornamentum, mihi tanti nominis studiosissimo placet, memoriæ Temporum commendare; ejusque cum corporis, tum animi effigiem, non fuco ullo, aut pigmento, inanium laudum corruptam, verum vivis et nativis coloribus adumbratam, posteritati relinquere. » Les mots *effigiem corporis* me rappellent qu'un beau portrait de G. Maran accompagne la notice de Medon, et que son buste est placé dans la salle des Illustres, au Capitole.

(3) Maran était alors âgé de 45 ans.

et de l'émule de Cujas (1). Quand, en 1592, le P. Ange de
Joyeuse, quittant son froc de capucin, devint gouverneur du
Languedoc à la place de feu son frère, le duc de Joyeuse,
Guillaume Maran fut chargé d'aller chercher à Rome la dispense nécessaire, mais le navire qui le portait tomba entre
les mains de ces pirates algériens dont les audacieuses felou-
ques sillonnaient continuellement la Méditerranée, et l'envoyé
de la Ligue fut réduit en esclavage (2). On verra dans la lettre du célèbre professeur combien il souffrit pendant sa captivité. On y verra aussi ce que pensait de l'alliance de la
France avec la Turquie, c'est-à-dire de la *question d'Orient*
au XVIᵉ siècle, celui qui fut l'ami des cardinaux Baronius,
Du Perron et d'Ossat, ainsi que de Barclay, de Casaubon, de
Le Fèvre et de Pasquier.

Monsieur, j'ay pensé que la nouvelle de mon retour de Barbarie ne
vous seroit point désagréable, puisqu'il vous plaist me faire cest honneur que de m'aymer, et que vous sçauriés avoir recouvert par ma
délivrance un serviteur perdu. J'en suis revenu despuis le commencement de février aussi sain que jamais, Dieu merci, et plus dispos
que je n'avois esté longtemps y a. Si vous puis-je dire que j'y ay
couru tant d'estranges fortunes, et souffert de telles angoisses d'esprit et de si grandes incommoditez de la personne, que je m'esba-
hissois moy-mesme comme je pouvoy tant durer, et avoy occasion
de recognoistre que c'estoit la particulière assistance de Dieu qui me
fortifioit. Mais oultre ma particulière affliction, j'ay senti un très-
grand regret voyant la comune misère de la Chrestienté et de quoy
elle est menacée, et particulièrement voyant la honte et vergogne
de la France, qui se trahit soy-mesme et le reste des chrestiens par
la mauldite et détestable alliance qu'elle a avec les ennemis de Jésus-

(1) Maran eut aussi pour maître François Roaldès, dont je ne tarderai pas à publier quelques pages inédites.
(2) Voir sur l'enlèvement, sur la captivité et sur la délivrance de Maran, les
pages XI, XII et XIII de la notice de Medon. Les auteurs de l'*Histoire générale de
Languedoc* ne disent des aventures du voyageur que quelques mots, et encore d'une
manière incidente (t. v, p. 461). On lit (*ibid.*, p. 468) qu'aux Etats tenus par la
Ligue à Lavaur en 1594, « Maran fit le rapport de ce qu'il avait souffert dans son
esclavage et qu'on lui donna pour toute gratification 1,450 écus »

Christ, qui de leur costé l'entretiennent si inégalement, et qui, à bien juger, est la cause fondamentale de noz maulx et le sera de nostre ruine, si on n'y pense et n'y pourvoit. Toutesfois par delà mesme, despuis la nouvelle de la conversion du Roy, les chrestiens de toutes nations ont conceu une très-grande espérance de luy pour le bien universel de la chrestienté, et les mescréants, Turcs, Mores, Noirs, sont en trez-grande peur et aprehension de leur ruine par son moyen. Ce seroit, à la vérité, le digne faict d'un roy grand et très-chrestien et l'entreprise n'en seroit pas si malaisée que plusieurs le penseroient. Et me semble bien que ceulx qui pour l'establissement d'un Estat n'ont esgard qu'aux royaumes circonvoisins, sans faire passer la mer à leurs discours, sont de maulvais géographes et pires politiques. Mais laissant ces choses à ceux qui y peuvent et doivent remédier, je vous diray que j'ay désiré par celle-cy me rementevoir en voz bones graces et recognoistre la possession du lieu qu'il vous a pleu me doner en vostre amitié. J'ay aussy voulu donner ce moyen à M. de Malenfant d'estre cogneu de vous comme il désire. Je croy que vous jugerez qu'il ne desmant la vertu et honnesteté de MM. de Pressac et de La Terrasse, maistres des requestes, ses père et oncle, nos cytoyens et mes bons seigneurs et amys.

Monsieur Barravi m'a faict entendre qu'il vous envoyoit ma lettre et la copie que j'avoy faict faire des conciles que demandiés, et qu'il espéroit vous en envoyer une plus entière du collége de Foix. Si donc en quelque autre chose il vous plaist vous servir de moy, commandés-moy comme à celuy qui suis,

Monsieur,

Vostre très-humble serviteur,

G. MARAN.

De Thoulouse, ce 19 may 1594 (1).

(1) Bibliothèque nationale. Collection du Puy, vol. 712, p. 76. Lettre autographe.

www.ingramcontent.com/pod-product-compliance
Lightning Source LLC
Chambersburg PA
CBHW061626180626
46818CB00005B/2250